LA MUSE

PATRIOTIQUE

LA MUSE PATRIOTIQUE.

VERS

PRÉSENTÉS AU ROI,

A L'OCCASION

DES ÉTATS-GÉNÉRAUX.

Par J. D. Bézassier, *Chanoine régulier de l'Abbaye Royale de Saint-Loup, à Troyes en Champagne.*

Vox Populi, vox Dei.

A PARIS.

1789.

AU ROI.

SIRE, du Tiers-Etat en prenant la défenfe,
Vous faites pour toujours le bonheur de la France.
Nous fommes vos enfans, tous fans diftinction.
Si vous faviez combien toute la Nation
S'applaudit tous les jours de vous avoir pour Père!
Vous êtes à fes yeux fon Ange tutélaire.

ACROSTICHE.

Venez, mortels, venez dans l'Empire français.
Il eft fûr qu'en ces lieux l'âge d'or va renaître.
Vous y verrez un Roi chéri de fes Sujets,
Et qui, par fa bonté, mérite bien de l'être.

Louis fera bientôt au comble de fes vœux;
Et pourquoi? C'eft qu'il voit qu'on va nous rendre heureux.

Rien ne peut, à coup fûr, le flatter davantage,
O le meilleur des Rois! Un cœur fi généreux
Infpire pour fon Prince un amour fans partage.

A C R O S T I C H E.

Ne défefpérons plus du falut de l'Empire.

Enfin, de ce grand homme on reconnoît le prix;

C'eft un Sulli nouveau que la fageffe infpire:

Rien ne le touche plus que la gloire des lis;

Et, pour notre bonheur, il feconde Louis.

ACROSTICHE.

L'ÉTAT compte fur vous, Miniftres des Autels ;
Et c'eft rendre juftice à votre grandeur d'ame.

Continuellement le zèle vous enflamme ;
L'on vous voit travailler au falut des mortels.
En ces temps, ah ! s'il faut que l'on fe facrifie,
Rappellez-vous que c'eft pour fauver la Patrie.
Grace au Ciel ! vous favez quel eft votre devoir,
Et qu'il vaut beaucoup mieux donner que recevoir.

A 4

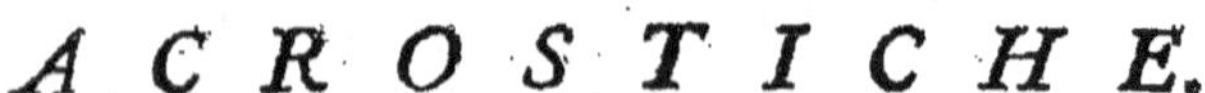

ACROSTICHE.

Les armes à la main, signaler son courage;

Aux champs de Mars vouloir toujours vaincre ou mourir,

Nous le savons, c'est là, Nobles, votre plaisir.

Oui, la gloire & l'honneur, voilà votre apanage.

Braves & chers Français, intrépides Guerriers,

L'on vous verra bientôt cueillir d'autres lauriers :

En zélés Citoyens, dans ces momens extrêmes,

Si vous sacrifiez & vos biens, & vous-mêmes,

Sans cesse on chantera vos noms, votre bon cœur,

Et vous serez Héros comme par la valeur.

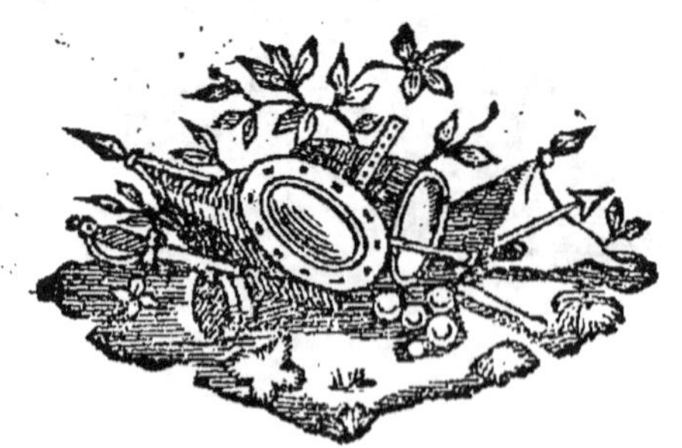

A C R O S T I C H E.

L'on veut être par-tout des Etats-Généraux :

En France, pourquoi donc cette ardeur infinie ?

Tous les bons Citoyens chériffant leur Patrie,

Il n'eft pas étonnant de voir tant de rivaux.

Eh ! qui n'applaudit pas à ce zèle héroïque !

Reçois, ô Tiers-Etat, cet hommage authentique.

S'il falloit aujourd'hui pour l'Etat, pour fon Roi,

Etre facrifié, fe dévouer foi-même,

Tu volerois t'offrir, en difant avec moi,

A ce prix expirer, c'eft un bonheur extrême ;

Tant le patriotifme a d'empire fur toi !

STANCES.

Quot parit in Patria fructus concordia fratrum !
Nonne sumus fratres ? Nobis pater omnibus est Rex.

SIRE, le vrai patriotisme
Nous immortalise à jamais.
C'est lui, sur-tout chez le Français,
Qui nous conduit à l'héroïsme.
Qu'il est beau, qu'il est grand de n'oublier que soi,
Et d'être tout entier à l'Etat, à son Roi !

QUE MONSIEUR, votre auguste Frère,
En qui brillent ces sentimens,
A reçu d'applaudissemens !
Que ce Prince au Peuple a su plaire !
Vive, vive à jamais ce Bourbon-citoyen *,
Qui se fait un honneur d'être notre soutien !

---

* Paroles de MONSIEUR, lorsqu'à la dernière Assemblée des Notables on lui représentoit qu'il étoit le premier Gentilhomme de la France : —Je suis né d'abord, reprit ce Prince, Citoyen.

VOILA, voila votre modèle :
Je vous l'offre, Etats-Généraux.
Regardez-vous tous comme égaux :
De-là naît la paix fraternelle.
Sachez que la concorde eſt un riche tréſor,
Et qu'elle vous fera ramener l'âge d'or.

COMME les Sages de la Grèce,
Que Thémis conduiſe vos pas.
Prenez l'égide de Pallas :
Diſcutez tout avec ſageſſe.
Songez que vous avez en vos illuſtres mains
Le bonheur de la France, & le ſort des humains.

QU'UNE réforme rigoureuſe
Détruiſe ſi bien les abus,
Qu'à jamais on en voye plus.
Pour nous l'idée en eſt flatteuſe.
Que nous ferons heureux ! Vos ſoins & vos travaux
Sauront trouver en tout un remède à nos maux.

AVEC une égale meſure
Compenſez le mal & le bien.
Les uns ont tout, les autres rien.
Voilà la cauſe du murmure.
Quoi ! je travaillerai toujours comme un Forçat,
Sans avoir jamais part aux faveurs de l'Etat !

Si vous donnez à la naiſſance,
La fortune, l'honneur, le rang ;
Si le mérite, le talent
N'ont point la moindre récompenſe,
Au meilleur Citoyen vous ôtez tout eſpoir :
Il devient moins actif à remplir ſon devoir.

Eh ! qui peut voir d'un œil ſtoïque
Tous ces favoris de Plutus ?
Ces impitoyables Créſus
Bravent la miſère publique.
Ils regorgent de biens : tout ſemble fait pour eux.
Ils n'en ſont pas moins durs aux cris des malheureux.

Que vous dirai-je des Juſtices ?
Il faudroit un Code nouveau,
Pour rectifier le Barreau.
Retranchez ſur-tout les épices.
Ah ! n'eſt-il pas honteux qu'en gagnant ſon procès,
On ſoit également ruiné par les frais ?

Et pourquoi ce trajet immenſe
Pour venir défendre ſes droits ?
Il faut que dans pluſieurs endroits
On traverſe toute la France.
Survient un incident, un mauvais procédé,
Il faut qu'on s'en retourne, & rien n'eſt décidé.

Pourquoi ces longues procédures ?
Je sais qu'il faut approfondir :
Mais pourquoi faire tant languir ?
Les loix sont-elles donc obscures ?
Ta balance, Thémis, fait voir en un moment
Le bon où mauvais droit, & le vrai jugement.

Le Ministre de la finance
Vous demandera des impôts :
Croyez qu'il les juge à propos.
Donnez-lui votre confiance.
Vous le savez ; combien toute la Nation
N'a-t-elle pas pour lui de vénération !

Que la taxe soit générale.
Mettez sur chaque individu,
Suivant son bien, son revenu
Une imposition égale.
C'est le meilleur parti. Sans le moindre débat,
Chacun sera content d'être utile à l'État.

L'or ne fut jamais notre idole.
Notre amour toujours infini
Pour l'État, pour un Roi chéri,
Vaut tous les trésors du Pactole.
Nous sacrifions tout ; nous ne réservons rien.
Français, tels sont vos cœurs ; j'en juge par le mien.

Sire, vous avez fait entendre
Que le Tiers Etat à vos yeux
Etoit un corps bien précieux ;
Aussi vous ne sauriez comprendre
A quel point envers vous il est reconnoissant.
Plus que jamais il aime un Roi si bienfaisant.

Louis, permettez qu'à la Reine
Ma Muse fasse un compliment,
Qu'elle mérite assurément.

Oui, notre auguste Souveraine,
Votre chere moitié, digne de son époux,
A part à votre gloire en pensant comme vous.

Que nous vous sommes redevables,
O vous *, dont le généreux cœur
Nous a fait le présent flatteur
De ses paroles mémorables !
Je n'ose en faire ici que la citation **,
Qui renouvellera notre admiration.

---

* M. Necre.

** Voici les propres paroles de la Reine, au sujet des Etats-Généraux : *Le Roi* ne se refusera point aux sacrifices qui pourront assurer le bonheur public : nos enfans penseront de même, s'ils sont sages ; & s'ils ne l'étoient pas, le Roi auroit rempli un devoir, en leur imposant quelque gêne.

QUE ces paroles font sublimes !
Pour les apprendre au genre humain,
Je veux les graver fur l'airain,
Plutôt que de les mettre en rimes :
Que dis-je, fur l'airain ! c'eft dans nos cœurs, Français,
C'eft dans nos cœurs qu'il faut les graver à jamais.

PRINCES, ah ! vous ne fauriez croire
Combien on a pour vous d'amour !
N'eft-ce pas un jufte retour ?
On dit, en votre honneur & gloire,
Voilà du Tiers-Etat, voilà les défenfeurs,
Auffi du Peuple entier, avez-vous tous les cœurs.

PAIRS de France, votre Requête
Vous fait un honneur infini.
Tous les Citoyens à l'envi
Voudroient couronner votre tête ;
Mais vous arrêteriez ces tranfports généreux ;
Votre unique plaifir, c'eft d'être tout comme eux.

QUE le Français pour fa Patrie,
Montre des fentimens bien beaux !
Vous voyez, Etats-Généraux,
Que lui-même il fe facrifie.
Que ne ferez-vous pas pour de vrais Citoyens,
Qui ne balancent point à vous offrir leurs biens !

Vous favez que LOUIS nous aime.
Si vous faites notre bonheur,
Comme il n'a rien de plus à cœur,
Vous le rendez heureux lui-même.
Que vos noms feront chers à la poftérité !
Ainfi vous parviendrez à l'immortalité.